練習，喜歡自己

一天一點，比昨天更喜歡今天的自己

肆
一

從先喜歡自己出發，
才能夠抵達想去的地方

有多少次，當自己說著要放棄的時候，心裡面暗自隱藏著不甘心；有多少回，當自己想著再努力一下的時候，跟著卻讓渡了自己的一些什麼出去；又有多少遍，當希望別人多喜歡自己一點的時候，卻發現不知道從何時開始，自己已經變得不喜歡自己了。一直都以為喜歡自己是再簡單不過的事，但或許就是因為感覺太理所當然，因此在丟棄的那個時刻自己才都沒有發覺。

然而，人生不會永遠都順遂，也就是因為這樣，所以過程中才會不斷地割捨什麼、收穫到什麼，再得以成長。在一陣兵荒馬亂之中，人得以慢慢長大。但過程中難免會感覺疲倦、覺得力不從心，然後再因為負荷不了、累了，所以開始丟棄一些東西，這是人生的必須，有捨才有得。但是、但是，無論如何你都不能夠丟掉對自己的喜歡，也不要把「喜歡自己」當作是一種交換。

因為，「喜歡自己」是所有事物的起頭。不管是否有人喜歡？不管是不是一個人？不管你處在怎樣的狀態裡，都必須學會喜歡自己。只要自己能夠先堅定自己、先學會肯定自己，就不會容易碎裂，不會因為一些風吹草動就動搖；然後，在受傷的時候也可以療癒自己。這是因為你知道自己的珍貴，而不是等待誰的認證。喜歡自己或許不能幫你解決困難，但卻會讓問題變得簡單一點、好過一點。

更因為人生也就是這樣的啊！往後的日子仍是會不斷遭遇到打擊，可是人生就是一連串的相遇與離別、獲得與失去、碎裂與修復，然後再得以完整。完整並不是說毫無缺陷，而是即使不完美仍然可以肯定自己的好。然後在不小心忘了其實自己很重要的時刻，這本書可以是小小的火光，不只是給你一點光芒，而是可以溫暖你、可

以提醒你不要忘記去喜歡自己。

覺得倦了、垮了，就試著休息一下，不要勉強非要一直
加油不可；但也不要停止前進，休息夠了，別忘了要再
繼續喜歡自己。

不知不覺，已經寫到了第七本書，仍然覺得不可思議，
日子竟然過得如此快速。謝謝一直以來支持我的大家，
我們認識很久了，幾乎像是老朋友一樣，當然也有一些
或許是因為這本書才認識我的新朋友；不管是買我的作
品，或是在網路上的按讚或留言，我都心懷著感謝，也
是支撐我一直寫下去的最大力量。也謝謝一直陪在身邊
的親友，或許不是那麼常聯繫，但關心並不會隨著時間
而拉遠。

最後，還想說的是，有些缺點、也不夠完美，但這就是你呀！不需非要跟別人做比較，因為你只是你，不是別人，而你也應該只是你而已。學習試著接受自己原本的樣子，然後開始練習喜歡這樣的自己，先從這裡出發，用自己的步調與方式，最後一定可以抵達想去的地方。

最重要的是，也別忘記了，你的快樂是你自己的，而不是等待一個誰來給予。你要一直記得，一直繼續去喜歡自己。

祝 好。

目　　　錄

contents

Chapter 1

一個人的練習

一個人好好，
好好的一個人

當不再對「見到一個人單獨看電影」這件事不自覺地發出同情之感時，才是真正能夠與自己相處的時候。

再怎麼說，都覺得上電影院或到餐廳吃飯是兩個人以上的事，那是屬於歡樂愉悅的片刻，而不是單獨一人的時間。或許就是因為這樣的想法，因此每當自己是單獨一個人的狀態時，總不會去進行這些事，甚至是刻意避免去碰觸。

「一個人看電影？這樣不是太哀傷了嗎？」就連自己也會發出這樣的聲音，不帶有歧視，但卻有著濃濃的憐憫；因此當然會去迴避這樣的情況，不想這樣的眼光落在自己身上。並不是害怕一個人看電影，而是畏懼那些隨之而來的眼光，尤其是從兩個人回到一個人的時候，更會時時都覺得別人在評斷自己。

因為不想被同情包圍，所以刻意離得遠遠的，一個人生

活著；可是，「一個人」生活與「孤單」生活其實是兩件事。一個人不一定會感到孤單，然而孤單時一定覺得自己是一個人。一個人與孤單都是一種心態，乍看很像，但其實很不一樣。

也就像是重大的節慶來臨時，因為擔心自己落單，所以無論如何都要參加各式各樣的聚會派對，以免隔天睜開眼就會被各式各樣的動態消息給惹得傷心。

即使你知道自己並不喜歡這樣的場合，但有點勉強也沒關係，因為太害怕自己被世界排除在外，因為你已經是單身了，絕對不能再孤單。但往往在節慶歡娛之中，心中還是會湧上寂寞；而派對結束後，心裡頭會出現更巨大的空洞，方才那些熱鬧喧嘩，回到家都只在你的門外作響，在心上的回音巨大地震盪著。因為心不快樂了，外在再怎樣都只能是點綴。

就因為擔心被排擠，所以不自覺自己就先歧視了自己。
是自己先限制了自己的生活只能怎麼過、不該怎麼做，
原來其實是自己允許了自己的不快樂。

你的不快樂是來自於自己定義了怎樣才可以快樂，甚至
是勉強了自己去逃避不快樂的作為而產生。然而，一個
人看電影、一個人上餐廳，其實都只是一種選擇，而非
一種不得不。當自己可以這樣想的時候，才能夠真正的
不再被這樣的念頭給綑綁住。

一個人並不是快樂的絕緣體，更不是一種等號。當能夠
從這樣的心情解脫出來之後，也才可以誠實面對自己的
狀態，不再被單身這兩個字給限制住，而是認同一個人
能有的美好其實在很多時候與兩個人時並無差別。你還
是可以去做許多兩人時會做的事，當然會失去一些選
擇，但相對的也會獲得了另外一些；人生就是這樣在多
一點與少一些之間取得平衡，然後跟自己和平相處。

可是，「兩個人」並不是生命裡快樂的唯一選項，也不要把人生過成了是非題，生命不該只是圈跟叉的差別，而是擁有無限可能的選擇題。單身並不可怕，可怕的是「單身」這個念頭如影隨形，並且把它拿來當成了依歸。

練習去凝視自己，對著鏡子好好地端詳自己的樣子，然後問自己是怎樣的一個人？最後再學著與自己相處度過一天，不只是讓時間流逝，而是好好地去過。

人生最大的課題並不是與他人相處，而是會跟自己好好相處；因為說到底，人都是單獨的個體，無論再怎麼親密，還是有一個人的時刻，因此只要能跟自己處得好，就會跟別人處得好。而那些與人的來往，或是碎裂的戀愛，也都是用來幫助自己好好認識自己。只要能一個人好好的，不管在怎樣的狀態也都會很好。

Dear,

愛情往往就是敗在，捨不得。

你捨不得他、捨不得過去，
因為他們都太美好；
而美好的東西都叫人喜歡。
所以，你捨不得。

有時候，捨不得是好的，
它讓你念舊，它讓你珍惜感情，
但在有些時候，捨不得卻也很傷人。

例如，感情結束時，
你對過去的捨不得留住的只是自己的傷心，
也拖住了自己的未來，
捨不得，最後什麼都沒有得。

分手了，
你要把捨不得對方，
拿來捨不得自己，這樣才好。

祝 好。

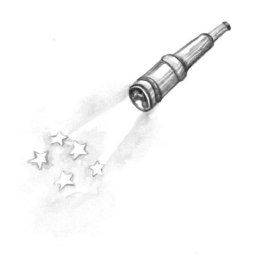

放下一直遙望著他的望遠鏡

學會承認某些人只是生命裡的過客，
既然是過客，就讓他過去，不要勉強他留下。

Dear,

戀愛，不會使人快樂。

一個人如果不快樂，通常兩個人也不會開心。
因為，這樣的人會把快樂寄託在另一個人的身上，
跟著他悲，再跟著他開心，他的悲喜都是你的。

你的開心，從來都不是自己的。
你不懂什麼叫作開心，
你只是希望別人讓你開心。

要先讓自己快樂，
而不是冀望另一個人來讓你快樂。
把快樂擺到愛情之前，
從此，你才能真的自處。

在找到愛情之前，你要先找回自己的開心。

祝 好。

把放在他身上的心，打包寄回來

分開了，自己就是自己的了。
所以，不要再把愛給不想要的人，記得拿回來給自己。

Dear，

愛情，無風無雨也無晴。

狂風驟雨，轟轟烈烈過後，
你才明白，人需要的是好好呼吸；
就像是愛情，
最難的是當濃烈過去，
如何把平淡變成一種幸福方式。

愛情，不該是仰賴新鮮，
而是依據心意。

或許，有天我們終會明白，
不需要狂風大作，不用豔陽高照，
簡單才是深刻。

今日，我們的愛情，
無風無雨，也無晴。

祝好。

Dear,

沒有人的愛情建議都是對的。

因為，每個人的愛情都不一樣，
也因為，每個人的感受都不相同，
所以，你不一定非要依循誰的不可。

你的愛情也不一定要跟別人一樣，
但重要的是，那是你的愛情，你要在愛裡開心，
因為沒有一種愛，是要叫人哀傷。

你可以聽別人的愛情建議，
你也可以有自己的想法，
然後，你要用自己的方式，
在你的土地上開花，與結果。

這樣，就是愛情。
就是，你獨一無二的愛情。

祝 好。

Dear,

請不要去追問一個人為什麼不留下來？

因為每個人都有自己往前的方法，
沒有誰可以真的為另一個人的人生負責。
每個人的人生都是自己的。

更因為時間會走，
停止也是一種往前。

他用他的方式前進了，
請你也要找出自己的，
然後跟自己一起往前走，
而不是跟著他的影子邁步。

如果他已經開始為自己好，
請你也要記得為自己好。

祝 好。

送一朵花給自己，讓自己開心
一個人，不應該是不好的理由，
一個人也要好好的。

Dear,

有時候，我們之所以懷念愛，
其實並不是因為它讓我們開心。

而是在愛裡，
你會用更柔軟、更光明的眼光去看世界，
然後，從別人的眼睛也會看到這樣的你。

你懷念的，是那樣的自己。
所以，請一定要再把它找回來。

祝 好。

Dear ,

兩個人會在一起，常常是因為共同點，
你們有同樣的價值觀、同樣的視野，
所以，才得以相伴。

但兩個人會分開，也是。

一段關係要能夠長久，
其實關鍵並不在於那些兩個人很像的地方，
端看的是雙方如何去看待彼此不同的那些。

愛情，不只是要你去愛跟自己很像的部分，
而是要學習怎樣去包容那些不同於自己的差異。

祝好。

Dear ,

我知道，
你不是不愛了，也不是沒有愛。

而是，你的愛很珍貴，
不對的人你不想給，
而不配的人也要不起。

愛，你不想隨便給；
你寧願等待，也不願浪費。
你寧願去相信會有這麼一個他出現，
也不要盲目地胡亂嘗試。

若是感覺累了，就停一下；
你知道，
有時候靜止也是一種前進的方式。

因為，愛，如此珍貴；
而，你的愛，也是。

祝 好。

自己喜歡的，比昂貴的重要

如果買個保養品都要千挑百選，那愛情更應該是。
比單身更可怕的，是隨便找個人來愛。

Dear ,

請不要求一個人來喜歡你。

不要再每隔三秒就看著通訊軟體，
也不要再每隔一分鐘就更新臉書頁面，
等著他的回覆、跟隨他的近況。

因為，這些都是你的自尊。

愛比自尊重要，我知道，
但是，一個人既然不要你的愛，
更不會要你的自尊。

如果愛已經拿不回來，
至少你可以要回自己一些。

你可以把那些跟隨他的時間與力氣，
拿來追隨自己。

祝 好。

選一頂最適合自己的帽子

一百分是完美，但完美不一定適合自己；
愛情是要找適合的人，而不是完美的人。

Dear,

你問過自己,「為何還要這樣的付出?」
說不希望他的回應是騙人的,
但是,回報是無法要求的。

一個人對另一個人的好,
都應該是出於自願,
這樣才對,這樣才珍貴。

因此,你才要自己去付出,
因為這是一種難得,
能有一個人來愛,多難得。

而最終,
你不知道自己的付出能否開花結果,
但卻可以肯定的是,
如果沒有付出,就不會有結果。

祝 好。

Dear ,

後來你才懂，
自己刻意避開曾和他共有的地方，
並不是因為怕記憶起他，
因為自始至終，
他都在你的腦海裡未被刪去。

你想要逃開的並不是跟他的回憶，
而是，
那些再也不能跟他一起的從今而後。

你們曾經時常造訪的那些地方，
現在再也不能一起去，
這點，最叫你傷感。

你生活在沒有他的未來裡，
但你要試著把生活過成自己的未來。

祝 好。

Dear ,

他走了。

你很傷心，我知道，但我也沒有藥方。
某些時候，你只能靠自己醫治自己，
但我會在你身邊，你知道。

我無法幫你治病，但卻可以聽你說話，
像是傷口上的紗布一樣，
雖然疼痛還在，但至少不會那麼明顯。

但請你一定要保留愛人的能力，
這是你的，即使他離開了也帶不走。

因為，心裡有愛，
當愛有天來了，你才能察覺。
也因為你有愛，愛才會靠近。

祝 好。

等待著痊癒的那一天

要遺忘一個人，常常要花的時間要比想像中長，
所以才會以為再也好不了。
可是，人是會療傷的動物，
花點時間，不要喪失信念，就會好的。

Dear ,

因為，恨也是一種記憶的方式，
所以，請不要再恨他了。

他很殘忍、很傷人；
但恨他，並不會讓他感到愧疚，
只會讓自己受傷。
手上緊抓的也不是恨，而是自己的傷，
把對他的恨放掉，傷才有可能痊癒。

請不要再記著他了，
你要忘記他曾給你的傷害。
你，是該放過自己了。

因為他，再也與你無關，
連恨，他都不配擁有。

你要把心裡的位置清出來，
好再擺進去另一個人。

祝 好。

向過去用力地揮手，跟未來說聲「嗨」

道了再見之後，就該轉身了。
如果還有愛就不要裝大器，
見面若只是痛苦，就別想著可能會幸福。

Dear ,

你老說，
自己再也無法痊癒了，
那些傷太痛，所以你再不敢去碰。

我無法向你保證事情一定會好轉，
但我寧願去相信，總會有好的一天。

因為我更知道，
相信或許不會讓事情變好，
但去抗拒相信，事情就更難好。

祝 好。

Dear ,

其實，不聯繫是一種測試。

「如果我不找你，你是否會聯絡我？」
一個人的時候，你如此想過。

這是一種口是心非、欲言卻止；
更是一種關於愛的逞強，還有祈求。

但真的愛不用測試，驗證來的都不會是愛；
到頭來，試驗的只是自己的能耐。

還有愛的時候，只管好好去對待，
再給不了愛的時候，也請記得對自己交代。

祝 好。

Dear ,

當一個人對你說：
「給我一點時間」時，
說的其實是「我想要一個人」。

也不要去追問他「需要多久？」
而是問自己「給得起多少時間？」
為自己訂下時間，給得起便等待，
給不了就放手。

因為，想清楚了，他就會回來，不必勉強；
若要告別，淚流滿面他也不會留下。

祝 好。

不要再收集眼淚了

常常說服自己，以為現在的不開心有日會變得開心，
但經常只是不開心的無限延續。
戀愛是要開心喜悅，而不是找一個人來讓自己掉淚。

Dear ,

你說，為什麼愛讓人這麼痛苦？

患得患失、欲走還留，
不僅失了愛情，最後還丟了自己。

愛情向來都是公平的，
它不分貧賤富貴，
會將人劃分出層級的向來都是人。

也就像是，會讓人心碎的，也都是人。
而不是愛。

我說，
愛不會讓人痛苦，
只有愛錯了人，才會。

祝 好。

Dear ,

你說，他傷了你。

你如此全心全意、真心無二，
但卻換來欺騙傷心。
你說，你再也無法信任誰了，
從今以後，你要保護自己。

我說，他是壞的，
但不表示你也要變不好；
雖然他傷了你的心，
但請不要把你對人的信任都一併讓他帶走。

他的傷害就到此為止，
以後的你是自己的了。

因為，他的存在是要提醒你，
世界上還有其他好的人，
只是不是他，如此而已。

祝 好。

Dear ,

刻意去試煉感情是一種荒唐。

讓兩個人分開的原因可以很多，
但不應該是自己的自尋煩惱。

感情不是經不起考驗，
但刻意去試驗一段關係，
其實才是傷害愛的開始。

想要知道感情有多麼堅定，
只要在一起夠長，
時間就會給你解答。

祝 好。

戀愛不是拔河比賽

放手很叫人傷心，但一直拉扯著，
卻會變成難以癒合的心傷口。

Dear，

有時候，你覺得自己會一直傷心下去。

你找不到快樂的理由，
沒有什麼事可以讓你開心。

其實，傷心是好的，
那是一種情緒的宣泄，
也會讓你正視自己；
然後，要是對的話，
它也會讓你變得更好。

所以，你可以允許自己心情不好，
但只能一下下，
過了這一下下之後，
你就要努力讓自己快樂起來。

因為、因為，
你是擁有讓自己開心的能力的，
相信自己可以開心。
這就是讓自己開心的第一步。

祝好。

Dear ,

你相信他，其實並不是你天真，
而單單是你想信任他而已；
他騙了你，也不表示你很傻，
而是他說謊而已。

所以，
請不要再自責了，
也請不要再懲罰自己。
他不好，不表示你也不好。

還是要保留對愛的憧憬，
或許會受點傷，或許會慢一點，
但愛情本來就急不得。

你要一直去相信愛的美好，
這樣，美好的愛才會降臨在自己身上。

祝 好。

Chapter 2
練習，喜歡自己

練習，
喜歡自己

總是難免會有討厭自己的時候吧。

尤其是遇到挫折的時候，總會自責是否是自己不夠好，
或是做錯了什麼，才會導致結果如此？你會檢討自己，
甚至看到鏡子裡頭的自己還會別開眼去，因為你打從心
底否定了自己。

會有這樣的想法，往往是因為自己是個善良的人，所以
才會把問題往身上攬；善良是好的，它會讓你的人生變
得柔軟，溫柔待人，這些都是優點，但若只是一味地放
大了自己的缺點，就會把它變成是一件壞事。

人本來就沒有完美的存在，都是包含著缺點，但相對來
說，卻也擁有了優點。

之所以會有這樣的心情，或許是因為自信心不夠的緣故
吧。看到別人做得好，就自慚形穢；認為自己不如人，

覺得被自己發現的缺點別人一定也會看到，於是自己先打擊了自己。

因為缺少了自信，所以才會老看到自己不足夠，才會不斷覺得是自己不好。你看到了別人的好，記得稱讚對方，卻總是忘了要鼓勵自己。然後日子一久，就會跟著開始討厭起自己。

你並不想不喜歡自己啊！可是當發現的時候，自己卻正在這麼做；你否定了自己，還以為這樣會得到進步，但最後只是換來更多的沮喪。日子變成了一種惡性循環。

如果是這樣的話，請停止跟別人比較吧。

人是群居的動物，很難避免與人相處，但每個人卻也是獨立的個體，都有其各自的魅力。有時候你以為的缺點，在別人的眼中或許是優點也不一定；就像是善良，

也使得你更加富有同理心；而反過來說，自己一定也擁有別人所想要的才能吧！當你在忙著羨慕他人的時候，相信同時也有人正在羨慕著自己。

或許試著從別人的角度觀看自己，試著去觀察自己的一舉一動，然後客觀地評價自己；而不是從自己的角度只選擇去看見自己的不完美。因為別人看到的你，一定跟自己看到的不一樣。

沒有一個人可以討全部的人的喜歡，沒有人可以做到這樣的事。再完美的偶像，都還是會有人討厭；所以不要白費力氣去想要變得讓所有人喜歡，因為當你越來越想要親近更多人的時候，只會離自己越來越遠，開始變得不像是自己，最後連自己都不喜歡自己。

喜歡自己的第一步，就是學習承認自己是一個怎樣的人，不管好的或壞的都去接受，那些全是自己的一部

分，是它們讓你變成獨一無二的這個自己，而不是只想著要留下優點。不再想著被所有人喜歡，就能從綑綁之中解脫出來。

練習喜歡自己是一種堅固。當你可以打從心底肯定自己，就不再需要靠外面的認同來建構自己，也就不會一旦不被喜歡就崩塌。

偶爾的討厭自己沒有關係，就跟人的情緒會有悲有喜一樣，只要不危害到自己的生存就沒關係，所有的情緒都可以是好的。只是一定要記得，討厭的情緒過後，請繼續去發現自己的優點、繼續去喜歡自己，即使這樣的自己有點笨拙、不時常都是聰明，但卻無比真誠。

去練習喜歡自己，一天一點，即使緩慢也無妨，或許有時候也會往後退了一點，但只要能比昨天更喜歡今天的自己就好。越來越喜歡，慢慢就會很好。

Dear ,

太在意別人的眼光，所以綁手綁腳；
太想要討人喜歡，所以做著自己不喜歡的事；
太需要別人的肯定，因而不斷地讓步與妥協，
最後變得不像是自己。
別人不喜歡這樣的你，
連你也討厭這樣的自己。

可是，
世界上的人有千萬種，你無法討好每一個人；
地圖上有東西南北，每個人指的位置都不相同。

你要先學會感動自己，
做自己喜歡的事，成就自己。
你要去為自己而感動，
有天才有辦法感動別人。

自己先喜歡自己，
去喜歡不完美卻可愛的自己，
別人才會喜歡你。

祝 好。

不要丟棄了自己的快樂，
等著另一個人來替你招領

自己要擁有讓自己快樂的能力，
而不是把快樂寄託在另一個人身上，
也不是等著別人替自己帶來快樂。
自己有自己的快樂，才會真實。

Dear,

愛情，終究是一場追逐，
你愛她，她愛他，但他愛另一個她。
常常，自己愛的，不是愛自己的；
而愛自己的，卻不是自己所愛。

每個人都有個愛情原型，終生追求。

愛自己多的人，會找跟自己相像的人。
不愛自己的，會找自己憧憬的。
愛情，就是你追我趕。

原來，
愛情是一種追求，都在尋找我們所欠缺的。
但願有天，
我們可以不需要另一個人來幫自己完整，
可以靠自己來完整自己。

祝 好。

每個人都要學習好好照顧自己

一個人時，好好照顧自己，學會對自己好，
而不是等著另一個人來讓自己好。

Dear ,

長得漂亮，不一定討人喜歡；
讀許多的書，不見得懂很多事；
腦袋絕頂聰明，也不等於做的事都是對的；
會使用許多華麗的辭藻，不表示可以感動人。
但只要是發自內心的真誠，
都會有人可以感受得到。

你不一定要很好看、很聰明，
但一定要可以感動人。

做真實的自己去吸引他人，
而不是假裝別人去討人歡心，
讓心富有，這樣一輩子都不會荒蕪。

祝 好。

沒有人可以評價你的好壞，只有你可以定義自己。

並不是自己不夠好，只是對方不想要，
不要因為對方的不想要，就否定了自己。

Dear，

往往，
說著「我很好」的人，其實都不好；
說著「我不寂寞」的人，其實都很孤單；
說著「一個人也很好」的人，
其實最需要人陪。

所以，我說，
「我很好、我不寂寞，我一個人很好。
但是，如果有個人愛我，也很好。」

希望你也能這樣想，
如果愛來了，請不要把它往外推；
以前不好，不表示以後也會不好，
請，不要認為自己跟幸福無關。

祝 好。

Dear ,

以前的你，不到極端不罷休。

電話沒接，再打十通；
簡訊沒回，就整晚不睡覺。
你曾以為這是一種愛的表現。

那時候你覺得愛就是要積極爭取。
但愛卻像貓，你越追，它越逃，
愛不是只要很拚命，就可以拿到。

後來的你，知道了勉強跟努力的差別。
當然你還是很想要戀愛，
還是很想跟一個誰去遠方，
但不再覺得終點比過程重要。

你還是很想把自己交出去，
但學會伸出手，而不只是去緊握，
你學著把自己先準備好，然後順其自然。

祝 好。

Dear ,

你受了傷。
但只有健康的人才會受傷。

而你也沒有把受傷當作是一種懲罰，
而是一種練習。
一種往更好路上的學習。

因此，你知道自己的心還沒痊癒，
所以不想勉強去說我很好，
現在，你最不需要的就是欺騙自己。

所有的愛情都要先對得起自己，
才有辦法去對別人負責，對此你很明瞭。

愛情已經失去，
但至少你還擁有自己的誠實，
你還可以對自己誠實。

祝 好。

挫折是難免，但要記得繼續往好的方向前進

相信自己能夠好起來，是很重要的一件事；
擁有信念，會讓人變得堅強。

Dear,

日子總難免會過得心慌吧？

不確定自己是否會有人愛自己；
不確定自己是否值得被愛；
也不確定是否就要這樣一個人生活下去。

甚至，更擔心若是有人來了，
但最後還是不要自己了。

一想起時，就會打從心底感到慌張，
於是更加小心翼翼、顫顫巍巍，
像是在沒有光源之地扶著牆壁前行的人。

可是，這都是你啊！
如此膽小但認真、哭的時候總會躲起來，
這些都是你的一部分，
是它們讓你變成了獨特的樣子。

學習著不要害怕自己的害怕，
試著去感受與體驗，變成有滋味的人，
努力讓過不去的都過去，
再努力不要讓現在的心慌，變成以後的心荒。

祝 好。

Dear,

沒有什麼事是非要萬事俱備後，
才能去做的。

因為時間會一直前進，
人的心境也會不斷地變化，
因此不可能擁有什麼東西都足夠的時刻。

花再多的力氣準備、花很長的時間等待，
然而若沒有付諸行動的話，
一切都只能在原地停留而已。

當然，這並不是要你莽撞盲目，
而是要去了解，
有時候思考得太多，只會叫人裹足不前。

所謂的「萬事俱足」，
指的不單是天時地利，更多的是「人和」。
而這「人和」，包含了很多是自己的心境。

不要把時間都化在等待上頭，
去實踐、去練習，更或者去碰撞，
把心放大一點，容納的東西就會多一點。

然後，等到下次停下來看時，
就會發現自己已經跟當初不一樣了，
已經走很遠了、已經走在未來的路上了。

祝好。

Dear ,

人只要活著，就一定會受傷。

你無法阻止別人的言語，
也不能確保自己的心不會碎，
但是，你卻可以讓自己變得堅強。

而這，是為了自己，不是他人。

因為，
你要先喜歡自己，
然後，
有天當有個人喜歡這個喜歡自己的你時，
你才可以喜歡兩個人，
而不是只喜歡對方。

祝 好。

再如何不完美，也不能阻止你對自己好

　　不要以為自己只能值得怎樣的好，
　　也不要認為自己必須忍受壞的對待，
　　永遠都要去相信自己值得好好被珍惜。

Dear ,

你很善良，但這不是一種錯誤。
即便有時候會因此而受傷，
但這也不表示自己是錯的。

人生總會遇到一些不好的人，
他們是來幫助你理解這件事，如此而已。

是別人壞，不應該責備自己好。

也不要去想自己是不是應該跟他們學習，
因為，壞人給自己的最大傷害，
並不是他們讓自己受傷了，
而是去變得跟他們一樣，才是。

祝 好。

離開時，記得打包快樂一併帶走

我們無法叫別人不讓自己傷心，
但要努力去做到不留下傷心。

Dear,

小時候，你的時間是以小時計算；
長大一點，時間則是以日為單位；
出了社會之後，日子則是開始用結案日計算；
而現在，生活則開始用節日當作依據。

時間越過越快，你發現自己越來越跟不上。
然而，其實時間很公平，
它給每個人的分量都一樣，
可是，每個人的收穫卻不相同。

我們不一定要跟時間賽跑，
但卻要跟自己比賽。
只要比昨天的自己好一點就很好，
只要沒有輕易背棄自己對自己的期許就很好，
不求完美無瑕，但要問心無愧。

要試著用自己的方式去定義時間，
而不只是被它拖著走。

祝好。

Dear ,

很年輕的時候，
會想要知道所有人的祕密。

但其實不那麼認真看待，幾乎像是一種消遣，
也容易就用別人的故事點綴，
或是當作自己生命的一部分，
我想，那是因為體悟還不夠的關係。

年紀大了一點後，
則開始對別人不想說的不勉強。

那是因為後來懂了，
自己要是知道了，就得要跟著承擔，
也更是因為，
明白人生有更多的不得不、有苦難言，
你猜，那或許是某種寬容。

你不再追求生命的絕對，
但只希望可以對自己誠實。

祝 好。

Dear,

關於，走出來了，
原來指的不是遺忘。

而是，
當自己某天不小心想起時，
會說：「原來還有這件事啊！」
那時，才是真的釋懷了。

記憶有好有壞，
希望不是我們自己把傷抓得太牢。

但願，
我們都可以把手張開，
放受傷的回憶走，
然後，讓愛進來。

清出點空間，
讓愛有機會住進來。

祝 好。

打個勾勾，再傷心二分鐘，
就要努力讓自己好起來

不要讓傷心變成永久的狀態，跟自己約定好，
時間到了，思念就該停止了。

Dear，

最苦的是什麼？有苦難言。

常常，心裡最是苦的人，
最是不為外人所道，
他們不是堅強，而是習慣忍耐。

因為，
他們知道說苦，不會讓生命變好，
所以才把滋味往心裡倒，不大聲嚷嚷。
也因為怕一張口，
苦就從心底溢了出來。

那些說不出來的、無人明白的，
不說苦的人，最苦。

我們都吃得了苦，
但請不要自找苦吃，
但願我們都能當個不吃苦的人。
都，不要再苦了。

祝 好。

人生有酸甜苦辣，才完整

因為經歷過的事，不管是好的或壞的，
都讓我們變成了今天這個樣子。
即使離完美還是很遠，
但卻能讓我們學會去認同自己、肯定自己的好，
同時也接受自己的不足夠，仍可以喜歡自己。

Dear,

你常常問，他到底在想什麼？
然而其實，
我們很難真的去了解另一個人的思緒。

因為人會掩飾、因為人也會避重就輕，
很多時候，我們都以此當作一種自保，
也像是一種逃避，希望事情會自己變好。
這是人之常情。

更或者是，我們常常連自己都搞不懂。

到頭來，
所謂的了解一個人，
都在於自己相信了什麼、接受了哪些。

但我知道，
或許我們很難去真的猜測一個人，
可退到最後，你至少可以先去做到：
了解自己。

這樣能夠讓你在感覺無所依時，
至少還有個東西可以憑藉，就是自己。

祝 好。

Dear ,

你可以不要勉強自己笑的。

我知道，其實你還是知道世界很美好，
你沒有平常的笑臉，
並不表示你對生命感到灰心。
而且，你更沒有放棄你自己。

但有時候，人就是會有點累，
就是會感到疲倦，就是會有想要停下來，
不想前進的時候。

這也是一種步調。
就像是呼吸，跑完步之後，
就會想要大大喘口氣。

「笑一笑就會開心多了。」這道理你很懂，
但你現在就是做不來。

就連笑，都是一種消耗。
勉強去做，只會讓自己心更疲倦，
你很清楚這道理。

明天，睡一覺醒來你就會好了，
「所以，現在，我可以不要笑嗎？」
是的，你可以不要笑。

此刻僅需要靜靜地感受自己，就好。
這樣就很好。
然後，你會安然地度過這一天。

祝 好。

Chapter 3

好朋友的練習

朋友不是加法，
無數個假面的人，
不如一個真心的陪伴

以前的我，會想要跟每個人都當朋友。

不知道你是否有這樣的經驗，尤其是在求學時代，因為
生活的全部幾乎就是學校，每天相處的對象也都是同
學，你們生活在相近的場域、接觸相似的事物，不知不
覺就像是共同體一般。因此會特別想要讓大家喜歡自
己，於是開始學會隱藏自己，生怕一不小心就被討厭；
也學會了說討好的話，刻意迎合別人，只希望換得更多
的認同。

或許就是在這樣不知不覺中，自己養成了這樣的習慣。
然後，突然在某一天，你發現周圍開始出現了小團體，
有各自交好的圈子，當時你有點驚訝、還有點感慨悲
傷，甚至去努力過，但跟著也才明白原來沒有人可以跟
所有人都當朋友。並不是自己不願意，而是這當中更包
含了對方的意願；友情跟愛情也一樣，無法單向地達成。
這樣的體悟在當時還因此令你覺得有點難過。

等到出了社會之後，大家的生活環境不同了，認識了更多的人，也一度以為自己的朋友會隨著生活圈放大而變多了，你有學生時代的朋友，現在還加上了工作上的同事。然而實際上卻不是這樣，你才發現與許多同事的交流僅止於工作上，縱使上班時間相處融洽，可私下卻再無更多的接觸；你們不會在假日約好出游，不會毫無目的的聯繫。你們是朋友，但更多的部分是同事。然後同時也驚覺自己對於這樣的關係並不感到悲傷，反而有著更多的自在。就是因為這樣我才懂了，朋友其實也有很多種，而且無關好壞，而這樣的關係或許反而更好。所謂的「君子之交淡如水」，並不單只是說朋友的交誼要像水一樣清淡，也是在說朋友間的關係要像水一樣的健康。

因為以前總會以為，所謂的朋友應該是要時常見面、時時聯繫，要保有一定的熱絡程度。但往往太黏膩只會讓彼此透不過氣，而不一定是一種在乎。可是以前並不懂

這些，總是擔心自己這樣是否過於冷淡？這樣是否過於疏遠？擔心著很多事，而這些都是源自於害怕自己不被喜歡，一旦無法從這樣的情緒解脫出來，只會一再因為過度在意而壓垮了自己。

然而事實是，你永遠都無法知道對方怎麼想，就像是對方也不會知道你心裡所有的心思一樣，無謂的猜測只是增添更多的困擾而已。那時候在意一個人的方法，就是抓得很緊，沒想過放鬆一點才比較舒服。任何的關係都是一種適切的距離，不要過近也不要太遠，朋友也是。

而且朋友也並不是越多越好，就像是你會認識一些人總會把話說得好聽、稱兄道弟，但一遇到事就閃躲；而有些人雖然平常聯絡不多，但看到你遇到困難卻會主動提供協助。

朋友更不是一種加法，不會隨著年紀的增長而跟著累

積，相反地，時間會幫你篩選朋友，讓真心的人留下。
朋友也有朋友的緣分，不必勉強對方與彼此。

也因此，慢慢地就再也不害怕被誰討厭了。有時候還是
會聽到別人說自己的是非，但其實自己並不認識他，但
也逐漸學會不去在意，每個人都有一張嘴，你只能管好
自己的。做人還是要和善客氣，但人的能力與時間都有
限，無法去在意每個人的感受，也無法讓每個人都喜
歡，既然如此，何不把時間拿來專心對待對自己來說更
重要的朋友。

與其努力想要去擁有許多的普通朋友，不如幾個關心陪
伴的真心朋友。你們不用常見面，即使見了面也是聊著
毫無重點的話題，但卻能夠留下滿滿的溫暖；你們也不
會計較誰跟誰比較好，而是知道彼此都很重要；也不用
太勉強的交流，擁有默契，對彼此誠實，能夠懷抱著信
任，這樣的朋友，最好。

Dear,

我們常常聽說：
「時間可以幫助我們汰換，留下的會是真正的朋友。」

但是，這並不是表示要把一切都交給時間，
而自己可以漫不經心、隨意任性。

每段關係都是一樣，都需要經營、需要盡心，
然後，才能讓時間去做出總結。

每個人跟另外一個人都有自己的緣分，
有些人只是注定要陪自己一段，
就像是我們也在某些人的生命裡佔據一段時間一樣。

這句話其實要說的是，
不要把緣分統統交由時間做主，
但，也不要勉強想離開的人留下。

學會珍惜當下能相識相處的難得，
努力後，才有資格說順其自然。

祝 好。

一百個嘻嘻哈哈的朋友，不如一個真心的陪伴
交朋友跟戀愛很像，
有時候不是你不好或他不對，只是頻率不同罷了。
交朋友也需要緣分，現在當不成也不用勉強，
珍惜一直陪在自己身邊的人更實在。

Dear ,

常常，離別最難的，
是承認你們只有這樣的緣分。

你們曾經那麼要好、曾經形影不離，
但不知怎麼地，有日卻形同陌路了。
你們沒有吵架、沒有交惡，
然而卻被時間的河給沖散了。

你們只是漸行漸遠，
最後變成偶爾的噓寒問暖。
看得見的遠處，是你們最後的關係。

一開始你很感慨，之後想尋求解答，
但再後來才明白，人世間的道理多是沒道理。

然後時間再久一點，終於能夠去理解：
你們並沒有離散彼此，
只是各自順著路的方向往下走而已。

就像是你們曾經的親密，
只是兩條路的交叉處，相逢、陪伴，然後道再見。
一開始，就只是註定陪伴彼此一段而已。

但與其他離別不同的是，他還擁有你的關心，
你也還擁有他的，即便不常聯繫、不常相見，
但你們彼此知道都會是對方永遠的朋友，
在需要的時候，都會支撐著你。

有些好朋友，
不需要很近、很親，但心意卻很類似。

給生命中曾經陪伴自己走過一段的，
好朋友。

祝 好。

Dear,

年紀越大，
似乎遇到面善心惡的人會越多。
表面和善，但背地裡說自己的不是；
表現得溫柔慈悲，但卻充滿算計。

你可能會感嘆：
「為什麼不良善的人越來越多了？」
但我想，並不是壞人變多了，
只是自己認識的人更多了的關係。

不要去跟他們計較，也不要去多加解釋，
因為他們不值得你花更多的心思。

更因為他們並不是真心想要了解你。

不要讓不熟識自己的人打擊自己的善良，
這樣他們的詭計也就得逞。

你要把心力用在讓在乎你的人懂你，就好。

祝 好。

Dear ,

不要為自己的謊言騙過了誰而沾沾自喜，
因為這並不表示你有多聰明，
而只是代表著，對方有多相信你而已。
他對你的信任有多深，傷害就會有多重。

不要去消耗另一人對自己的心意，
會因此而受到傷害的都會是愛你的人。

犯了錯，還有機會可以修正，
但信任一旦破了，就很難修補。

祝 好。

Dear ,

人的一生會遇到許多人，
而人也有好有壞，
總有些人會引導出更好的你，
他讓你喜歡自己、認同自己；
反之，也有些人會讓你討厭自己，
他讓你覺得自己總是不夠好。

也有些人接近你不帶有目的，
觀看你不帶有眼光，
只是因為你是你；
他們替你思考，打從心底為你好；
再富有也比不上一顆心，
真心的朋友最珍貴。

有能力的時候多給一點，
而收下的人則懷抱著感謝；
珍惜人與人之間的緣分，
珍惜總是願意站在自己這邊的人。

祝 好。

遇見每一個人都是一片風景、一堂學習

人是流動的風景，其實自己也是。
每個人都不是在原地不動，別人流動過你的人生，
可是你也正在別人的人生經過；
學習去珍惜當下，因為每一個當下都很難得。

Dear ,

有時候你會感嘆：
人要建立起關係那麼難，但要疏離卻很容易。

可能是朋友，
因為時間空間的轉換與加乘，
聊天次數開始減少、見面次數也不再多，
每個人都有各自的生活，
最後再變成臉書上動態按讚的關係。

可是，你知道自己並不是真的不再關心他，
只是關心的方式不同了、回應的方法不一樣了，
他在你的心裡仍是重要的朋友。

你會默默注意他的事情，
知道他很好就好。
他很好，不需要你去錦上添花；
但你知道，若他需要幫忙，你會雪中送炭。

你們對彼此的重要，不需要加上言語的認證。
給生命裡重要的朋友們。

祝 好。

　　我的身邊，永遠留了一個位置給你

即使不常聯絡，但情誼並不會隨著時間消逝，
我們對彼此的關心不只是隨便說說的玩笑話。

Dear ,

只要與人相處，難免就會遇到壞的人。

可是遇到這樣的人時，請不要想著報復，
你可能會忿忿不平：
「難道好人就注定要被欺負嗎？」

但並不是這樣的，
你不是因為好所以才被欺負，
而是因為你遇到壞的人，
所以才被不好的對待著。

是因為，他們是壞人，
所以人才會被欺負。
他們，欺負所有的人。

因此，想要報復，
只是把自己也變成是一個欺負人的人而已。

學會辨識，這是他們給你的收穫，
若有日不幸再遇到這樣的人，就能夠遠離，
然後去期許自己永遠不要跟他們一樣。

好榜樣帶來學習，壞榜樣則教會我們警惕。

祝 好。

Dear,

請遠離會消耗你的人。

因為他們會在你開心的時候潑你冷水；
因為他們會在你失意的時候雪上加霜；
更因為，他們不會替你的耕耘收穫感到開心。

每個人的生命裡都會有喜也有悲，
需要學習的是去發現裡頭的好並且珍惜，
而不是需要有個人時時提醒著你，
生命可以多不開心。

人的一生會遭遇各種磨練與挫折，
也會遇到各式各樣的人，
或許我們無法選擇誰來到自己的生命，
但卻可以決定誰能夠留下，
自己可以決定生命要過成什麼樣子。

祝 好。

不要讓別人的話來決定你的好壞

以前會最想要每一個人的喜歡,
現在則覺得喜歡自己比較重要。

Dear ,

有句話說：

不要看貧富交朋友，
一個人有億萬家財跟你一點關係都沒有，
別把自己弄成哈巴狗；
而看似一無所有的人，
卻可能把唯一的饅頭分你。

擁有存款簿上的數字，不如心裡面的豐盛遼闊。
內心簡單且真誠的人，可以帶給你平靜與滿足，
他會在你困苦的時候伸出援手、
在你受傷的時候陪在左右，
每個人的時間都很珍貴，
所以願意把它用在你身上的人更是可貴。

要找到會陪你玩、陪你鬧的人不難，
但是可以跟自己一起笑、一起哭的人卻不多，
謝謝在自己最脆弱時拉了自己一把的朋友，
謝謝始終相伴的你們。

祝好。

Dear,

不要勉強自己非要跟每個人都當朋友。

無關是非，也無關對錯，
而是人跟人之間也需要相同的頻率才行，
能當成朋友，也需要緣分。

有些人或許很好、很特別，
但卻不一定能跟他好好說話。
所謂的好好說話，不單只是言語的交換，
而是一種交流、一種溝通來往。
有些人，不當朋友也更適合彼此。

當然朋友不嫌多，
但擁有一百個不能說真話的朋友，
不如有幾個能交心的朋友。

好好經營那些一起患難過的朋友，
而不是把心力投注在追尋不屬於自己的世界。

寧願朋友像堅固的簡單燈塔，指引著自己；
也不要是繽紛絢麗，
但卻是一碰就破的七彩泡泡。

祝 好。

Dear ,

每天你看著誰的動態、誰的生活，
偶爾插上幾次嘴，
然後，錯覺跟某個誰有了某種程度的連結。

接著，某日再因為一個微小的言語就決裂，
以為是玩笑卻不好笑、
以為是互動卻變成一種惡意，
你不知道自己哪裡犯了錯，
因為你從來都不知道地雷在哪；
你想過要試著解釋，但接著也才想到，
其實，你們從來都不曾真的認識。

多一個朋友比少一個好，
你多少覺得有點可惜，
但卻更清楚感受到，
你們從來都不是真的朋友。

你提醒自己以後要更加注意，
但才又想到，
需要一直小心翼翼的，也就不是真的朋友。

祝 好。

總是讓朋友開心，但別忘了也要討自己歡心
做自己，即使因此被某些人討厭，但至少會心安理得。
假裝成另一個人被喜愛了，
時時刻刻都會提心吊膽有天會被識破。

Dear ,

珍惜能夠讓自己有話直說的人。

每個人都會有自己的煩惱，
但或許是因為防備、因為擔心被誤解，
也可能是因為體貼，
所以常常都不能坦率地表達心情。

怕說了，增添別人的困擾；
怕說了，引起不必要的誤會，
所以很多時候只能藏在心裡悶著。

所以，若有個人是可以讓自己安心說話，
不怕犯錯、不會評論，
他讓你有話就講、有感想就抒發，
讓你的心情有了出口，是一件難能可貴的事。

能夠包容自己的有話直說、願意分擔自己的情緒，
那是因為對方把你當成了重要的人。

回報如此珍視自己的人，就是去珍惜，
並且時時道謝。

「謝謝你，願意站在我身邊。」

祝好。

Dear,

請不要說：
「既然你沒把我放在心裡，
我也不要覺得你重要」這樣的話，
因為如此一來，
便把關係變成了一種討價還價。

生命中總會遇到一些人，
很喜歡、很想望，但卻是單方面，
越是試圖接近，受傷的力道越大。

只是，再重要，也不表示要靠得最近；
再喜歡，也不一定非要得到，
重點是，無論別人多不看重你，
你永遠都要覺得自己很重要。

如果你覺得他很特別，他便是特別，
不用比較交代，也無需刻意磨滅，
把他當成是一個特別的存在，
但無害，這樣就好。

特別的存在，就是你們最好的關係。

或許你在他心裡很輕，
但沒關係，你只要一直記得，
你在自己心裡要很重，就好。

祝好。

Dear ,

珍惜說著「沒關係」的人。

人都會犯錯，
要說「對不起」不容易，
但要說出「沒關係」更是困難。

說著「沒關係」，
常常並不是表示已經釋懷，
也不是故意裝作和善大方，
而是願意再相信對方一次。

相信他的良善、相信他不是存心，
「沒關係」說的其實是很看重兩人的關係。

所以請珍惜說著這句話的人，
因為一旦「沒關係」說多了，
有天就會變成「無所謂」；
最後，兩個人的關係，
就會變成了「他跟我沒有關係」。

祝 好。

記得對自己微笑，而不是只把歡樂給其他人

去變成自己喜歡的樣子，而不是去模仿別人；
變得再討喜，還是會有人不喜歡，
不如自己先喜歡自己。

Dear ,

在有些時候，沈默是最好的回答。

你不是不明白，也不是不了解，
而是有些事需要的並不是言語的解釋，
而是願意真心地去理解。

但是，
這並不是鼓勵你要任性無賴地做自己，
更不是要你不去思考，而是要去明白，
一個人無論再如何努力，
都無法讓所有人喜歡，
但至少你要先做到去認同自己。

與其花力氣去爭取別人的肯定，
不如先變成自己喜歡的自己。
這樣你對自己的喜歡就不是建構在別人身上，
也才不會輕易就崩塌。

會有人願意花時間了解你，
但也會有人只待一下就想離開，
不要求每個人都喜歡自己，
但對於留下的人心懷感激。

學會辨識真心或無意，
而不是一味地討好。

祝 好。

Dear ,

常常所謂的「孤單」，
其實是在電話簿翻了兩輪之後，
卻找不到一個誰可以說話。

你並不是沒有朋友，
只是能夠不炫耀、不防備，
能真心說話的人不多。
再看一次電話簿名單、臉書好友，
每每想要點下誰的圖像時，
最後一刻又收手。

因為你很怕，與誰對了話之後，
更確認了自己的孤單。
「他不懂我。」
原本想要找到託付的，
最後卻落得陪著笑。

可是，一個人其實沒有那麼糟，
它讓你有時間跟自己對話，
可以向自己提問、放慢步伐，
然後有日得以和解。

一個人沒有那麼糟，
找不到人談心，就跟自己談心，
一個人最糟的不是一個人，
而是無法跟自己這個人相處。

祝 好。

Dear,

你至少要擁有一個好的朋友。

好的朋友,不是指他要對你好,
而是,他希望你可以好。

他可以在你困惑時,
給你意見,但不強迫你依循;
他會在你失戀時,
跟你一起罵對方,
但之後會跟你說你可能的不足。

這樣的朋友,
或許給不了你太多實質上的支助,
但卻能幫助你思考,
他可以幫助你變得柔軟、體貼。

最終,
他可以幫助你變得,值得被人愛。

祝 好。

下雨了，我會替你撐一把傘

他說你壞話？我罵他；他佔你便宜？我找他理論……
好朋友就是這樣。
但全世界也只有我可以欺負你，
你出糗我會第一個笑你，
因為你知道，我永遠不會傷害你。

Dear,

朋友不是拿來比賽的。

「為什麼他知道這件事，而你沒告訴我？」
會說出這樣的話，
通常是因為自己很看重對方，
但就因為覺得對方沒有同樣回報，
所以才不愉快了。

其實你的原意不是要指責，而是撒嬌，
希望對方也能重視自己。
但不知怎麼，卻變成了把利刃。
就像在很多時候，原本良善的關心，
不小心都成了責罵。

你也一定以為他是故意，所以才會這樣質問，
可是人沒有那麼多的算計，
人與人之間的誤會，
常常就是因為把對方的不經意當成了刻意，
把無意變成了有意。

接著再因為質疑了對方的心意，
所以最後再如何有心都會磨損成無心。

你不知道而另一個人知道的事，
可能只是因為不重要，所以沒讓你知道；
可能因為不想讓你擔心，所以選擇不說；
可能是因為某個機緣另一個人知道了，
但這不表示是一種篩選的結果。

不要放大了自己的挫折感，
朋友不是用他告訴你多少事而決定深淺，
而是用你們的默契與相處的細節去決定。

祝好。

Chapter 4
好好生活的練習

今天也要好好的，
明天也是

「不應該汲汲營營於追求幸福，而忽略了所追尋的幸福
是什麼。」

這是在看電影《尋找快樂的 15 種方法》時，裡頭自己
印象很深刻的一句台詞。無論形式為何，每個人總是嚮
往幸福與快樂的生活啊！也因此追尋快樂就成了一種日
常生活裡的重要目標。

但是，不知道你是否有過這樣的經驗，越是追求快樂，
反而會越不快樂？因為在這樣的追尋過程，彷彿只是加
倍驗證了快樂的不可得，以及它距離自己很遙遠似的，
然後更加不快樂。

但是，你明明是在做大家都說好的事、明明那麼盡力去
讓自己變好，卻還是時常不開心，就像是走對了方向卻
抵達不了終點一樣。

你心想，可能是自己不夠努力，於是只得加倍認真，更

用力地要讓自己感到開心。然而，你還是覺得自己並不好。大家都說你這樣很好，但你不這樣認為。那些用力都像是反甩的巴掌，狠狠地拍在你臉上。

這或許是因為我們忽略了快樂的關係。「可是我一直都在追尋快樂，怎麼會說是忽略了它呢？」聽到這句話你可能還會大抱不平，但你也可能沒發現，在尋找快樂的過程中，我們會很容易不小心就忘了自己當初所追尋的事物為何，而開始專注「追尋」這件事。

因為太想要快樂了，所以在得不到的同時會檢討自己，既然目標沒錯，那麼就是方法錯了，因此試著修正與調整，不知不覺中就把重心擺在「如何追尋」這件事上頭。

就像是一趟計畫好的美好旅行，途中卻因為突發狀況而開始分心與抱怨，到了最後所有的情緒都專注在壞的事情一樣，整趟旅行在你的心裡不知不覺成了災難的集散，心思開始疲於奔波於解決問題。

一開始想要讓自己開心幸福的美意，到頭來竟變成了所有不美好的源頭。

也或者是，因為尋求未來的美好，所以會把當下的挫折視為必然，因而習慣性地忽視了當下可得的美好。

對於幸福快樂，每個人的腦海裡都各有屬於自己所描繪出來的藍圖，我們會覺得要這樣才是好的、要那樣自己才會開心；但事實上，在許多時候這些關於幸福快樂的定義，其實都只是我們自己想像的成分居多。這些理解多是來自於自己的幻想，而不是有所依據；更糟糕的是，因為過度想像而否定了真實的片刻。

「我不是你的幻想，事實上，我比幻想更棒，我是真實的。」在電影裡頭，男主角的前任情人說了這樣一句話，對這樣的心態下了很好的註解。常常我們所追尋的，並不一定會真的使我們開心，除非你記得自己追尋的是什麼東西。

每個人對於幸福與快樂的定義有所差異，所追求的方式也並不一致，因為我們每個人都是不一樣的存在，當然需求也就會不同，然而這卻無損於其本質道理是相近的部分。可能在路途上我們會忘記初衷，也有可能是遭遇困難我們會有所忽略，但你只能練習去隨時提醒自己，在迷失的時候把自己找回來。

到頭來，關於如何讓自己好，最重要的只是記得當下的每一刻，光是能做到這件看似微不足道的小事，就很不容易。

學習讓今天過得好，只專注於今天的美好，不是一直擔心著未來，不好高騖遠，讓現下的每一刻都安適了，明天才能夠好。試著感受珍惜今天的美好片刻，它就會延續成明天的幸福快樂，接著是後天，如此持續……今天也要好好的，明天也是；今天先好好的，明天才可以也很好。

Dear ,

總是會有人嘲笑你，
無論如何，我們都無法討好每個人。

就像是你的愛，
可能有人會不認同，
但只要你夠堅定，
至少別人就不能嘲笑你的勇敢。

他的好，也不需要別人認同，
你懂就好。

沒有人可以告訴你不應該愛誰，
你的愛，只要你跟他都肯定就可以。

也就像是，
要為自己的人生負責的，最終是自己，
而不是哪個誰。

祝 好。

心大一點，日子就會輕鬆一些

笨一點，日子會比較好過。
所謂的「笨」不是指愚蠢，而是不計較，
是知道不要為了計較而去失了快樂。

Dear，

善意，從來都不是一種交易。

付出，是因為覺得有人需要，
而我們做得到，這是一種良善；
我們希望可以幫助他人，
希望他人也可以過得更好，
僅此而已。

付出，並不是要用對方的回應來衡量，
而應該是，我們的意願。

常常我們都覺得自己的力量很微小，
也覺得自己無法改變世界，
但是，哪怕只是一點點，都很珍貴。
它都可能是別人心中的種子，有天會開花結果。

但我也相信，
一定有人心存感謝，一定有人獲得幫助，
一定有人因此而得到了力量。

就如同我們知道世界不全是美好，
但我們卻努力想讓它更好一樣。
這樣就夠了。

我們的善意不會因此而減損一絲一分；
我們珍貴的心意，也沒有因此而打折扣。

祝 好。

Dear,

你說，很難。你做不到。

當然，愛情很難。
否則也不會有今天的這些對話。

每個人都是努力去把不可能變成可能，
你可以去羨慕別人的好運氣，
但也可以選擇把運氣找來。

下次，請把脫口而出的「好難」，
說成：「我試試看。」

祝 好。

回頭看，你的肩膀上有對翅膀

現實沒有你想的那麼殘酷，
而你也沒有自己以為的如此脆弱。
記得你永遠可以為自己勇敢。

Dear,

我們總是把真心話說得輕淺，
然後再把謊話說得深刻，
最後終於埋怨沒有人了解。

就因為害怕受傷，
所以才把該說的話擺得很輕，
結果還是弄得一身是傷。

或許我們都不夠勇敢，
但至少可以對自己誠實。
就算被嘲笑，也要學著不假裝。

祝 好。

Dear ,

有時候事情就是會出錯，
但並不表示你犯了錯。

只是，
人總是會選擇自己想要的方向，
而他的方向與你無關。

事出必有因，
但你不用把過錯都攬在自己身上。

你會檢討、你會反省，然後自責，
這是因為你是好人。
做好人是對的，但不要只對別人好，
請分一點好給自己。

祝 好。

Dear ,

今天比昨天好一點，
明天比今天好一些，
一天比一天好一點，有天就會好了。

不求多，不貪心，不勉強，
總有一天就會不再惦記，就會好。

祝 好。

現在做不了主的，就讓時間說話

有時候，一件事情的好壞，
在當下其實看不出來，
但是隨著時間的拉長，就能發現不一樣的心得。

Dear ,

要重新開始很難，
常常我們都不知道該如何跨出去那一步，
總是裹足不前、欲走還留，
然後再被過去拖著不放。

喊疼，卻又不放手。

但其實你忘了，
轉過身，就是另一個方向。

可能你還是站在原地，
但至少可以看到不同的風景，
而這就是前進的第一步。

祝 好。

不是你做得不夠好，而是最好的時機還沒到

常常以為只要再努力一下、再勉強一點，
事情就會有好的結果。
但事實上，往往都是先放手了，事情才開始變好。

Dear ,

請，不要放大自己的傷心。

你無法改變一個人的不完美，
愛情也總是會有所欠缺，
而對另一個人的勉強，
最後都會使得你們的愛情勉強而已。

當然，
人生就是一種追尋，
但你卻要學習往正確的方向走。
更要學會的是，什麼時候該覺得足夠。

也就像是，你掌控不了愛情，
但卻可以改變自己看愛情的視野。

你的傷心不會讓你更好，
但你可以靠自己讓自己更好。

祝 好。

Dear，

試著去做一件事，
或許不保證一定會是好的，
但至少是會有結果的事。

「沒有結果」也是一種結果，
也是一種前進的方式。

所以，請不要去擔心未知的答案，
比起壞的解答，
更可怕的是，沒有答案，
人生只有不斷地錯過。

祝 好。

Dear，

我們會犯錯，
也會做一些讓自己傷心的事，
然後悔不當初。

可是，再怎麼努力，
我們也只能盡量去避免，但很難完全隔絕。

可能我們永遠都會離完美很遠，
也會常常感到後悔，
但希望都可以努力去做到，
不要讓後悔毀掉自己的人生。

祝 好。

謝謝以前的自己這麼努力

從前的經歷都是收穫，可以真心由衷地感謝過去，
也就表示對現在能夠滿懷感謝了。

Dear ,

「自信」跟「自大」的差別。

我想，
自信是；
在需要的時候讓他人相信自己可以做得好；
自大是：無時無刻都在提醒他人自己有多好。

自信讓人喜歡，但自大則不討喜。
你要知道自己有多好，
而不要去誇耀自己的好。
這樣，才會更好。

祝 好。

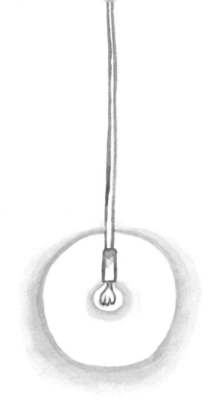

在心裡點一盞燈，照亮自己

許多時候，向別人要不到的答案，
其實都在自己身上。

Dear ,

有些話不是什麼大道理，但卻很受用，

就例如，
你的快樂，跟身邊有沒有一個他無關，
你的快樂，跟情人節也無關，
僅僅是，你相信自己值得擁有快樂。

你的快樂是你的，誰都奪不走。
希望自己快樂，就是快樂的第一步。

因為你的快樂應該是在自己手裡，
而不是冀望一個誰來讓自己快樂。
你要記得，然後，你會快樂。

從今而後，有沒有情人、是不是節，
你都要記得讓自己快樂。

你要記得，快樂是每一天的事。

祝好。

Dear ,

「知易行難」有兩種解讀：
一種是：知道道理很簡單，但要做到很難；
另一種則是：我知道道理了、接受了，
剩下的就是去努力實踐了。

要明白道理並不難，
難的從來都是去真心接受。
常常無法實踐的原因都是：
耳朵聽了，但心卻把它擋在門外了。

因為說服不了自己，所以也就毫無作為。
聽了，但停了。

下次，當要脫口而出：
「能做到的有幾個人？」的時候，
先問問自己：「努力過了什麼？」

祝好。

Dear,

「他們曾有過夢想嗎？」
有時候，看到殘酷的人時，
忍不住會發出這樣的疑惑。

面對他人的眼淚，惺惺作態；
看見別人的傷口，粉飾太平；
他們，以前就是這樣的人嗎？
他們一定也懷抱過夢想吧？
沒有人一開始就是想讓別人不幸福的啊！
可是，那些夢想是在什麼時候遺失了？

它們、他們，都去哪兒了呢？
要是忘了，可不可以再記起來？
要是丟了，可不可以再找出來？
你好希望他們曾經良善，
這樣就可以再把他們找回來；
但你也好害怕他們的曾是，因為這樣一來，
自己以後是不是就會變得跟他們一樣？

可是，並不是這樣的啊！
人生有很多不得不，但也有很多的選擇權，
或許人不能跟命運抗爭，
但並不表示要隨波逐流。

大多數的安排，都包含了自己的自願。
你要抓住自己能有選擇的去生活，
而不足讓那些不得不，掌握自己生命的全部。

祝 好。

Dear ,

惡意的攻擊或是不友善的嘲諷，
其實很像是你的前任情人，
要嘛就是夠強壯，不然就是要夠幽默，
否則絕對不要刻意去打探。

以為無所謂，但看了都變有所謂；
以為沒關係，可瞧了之後什麼都有了關係。
更常常是，
認為的堅強恰巧反映出自己的脆弱；
認為的幽默卻都在心上刻下了刀疤。
最後再用渾身是傷來驗證。

那些心懷不良善的言語，
它們沒有你想像的有建設性。
也不要把惡意當成了意義。

努力學著不要把別人的地獄，
變成了自己的地獄。

祝 好。

Dear，

世界上沒有什麼事是「應該的」，
理所當然，會磨損了一個人的同理心。

能夠去傾聽、去理解，
其實更是一種珍貴的權利，
因為只有自己夠強大的人，
才能夠有能力去這樣做到、去保護別人。

當自己很好時，也記得要給別人幸福，
這不是分出去自己的好運，
而是一種知足。

祝 好。

Dear ,

人生沒有那麼多的傳奇，
你的人生不必要偉大，
不是只有轟轟烈烈的存在，才叫活著。
沒有一個人的人生是不值得的存在。

未來有那麼多的不確定，
但唯一可以確定的是，你的人生是你自己的。
誰都不能奪走。

所以，
在對別人交代前，要先對自己交代；
在對得起別人前，要先對得起自己。

你不一定要被歌頌，只要會被誰記得就足夠。
當他有天在某處經過，
突然會想起你曾經在這裡說了些什麼，
然後會心一笑。

你知道有人會記得你，這樣，就夠了。

祝 好。

若承載了太多東西，就會飛不起來

常常，我們並不是擁有的太少，而是想要的太多。
而那些多的，到後來才發現其實也不是必須。
剛剛好，才是最好。

Dear，

只要是人，就是會說謊。
這不是一句疑問，而是事實的陳述。
只要是活著，就會有些不得不，
就會有些身不由己，
對此，你很明瞭，也願意接受。

於是，
你再也不想去跟誰爭道理，更不想為此傷心。
比起說服誰，
你把力氣拿來試著讓自己更快樂一點。

你也不想去責怪一個人為什麼說謊，
因為，不管是為了保護別人或保護自己而說謊，
或是謊言的大或小，
某種程度來說，其實並沒有差別。
而人在說謊之前，往往都已經想好藉口。

再者，你更明瞭，為什麼說謊並不重要，
重要的只是，自己接不接受他的話，
不管那是不是謊。

你無法要求別人不說謊，因為人就是會說謊。
但你至少可以要求自己要對自己誠實，
這是起碼你自己做得到，為你自己。

祝好。

Dear ,

所謂的笨蛋，
並不是一直相信自己所相信的人；
而是，
不相信自己所看不見的東西的人。

也並不是，
那些心碎後還繼續相信的人；
而是，
受過傷後，就再也不相信的人。

祝 好。

Dear ,

在一起的時候，就是離別的開始；
但反之，分開的時候，也正是再見面的倒數。

人生就是這樣，不斷輪替，
所以你才必須要有屬於自己的愛的信仰，
去相信自己所相信的，
然後，等待。

這樣，當茫然無依時，
它會是你的指引；
這樣，當天黑無亮時，
它就會是你的光。

祝 好。

Dear，

不要奢求給出去能要回，
但也不虧欠別人所給予的。

我們能盡力去對得起別人，
但無論如何一定要對得起自己。

祝 好。

每件事物，都有它自己的歸屬

大多數時候，堅強是好的；
但有些時候，你需要的不是一直堅強，而是讓它走。

●國家圖書館出版品預行編目資料

練習，喜歡自己/肆一 文‧插畫. --
初版- 臺北市：三采文化，2016.01（民105）
面； 公分 - 愛寫系列；005

ISBN 978-986-342-564-9 （平裝）

855   105000144

愛寫005

練習，喜歡自己
一天一點，比昨天更喜歡今天的自己

作者	肆一
裝幀設計	謝佳穎
責任編輯	劉又瑜
行銷經紀	吳文瑄
副總編輯	王曉雯

發行人	張輝明
總編輯	曾雅青
發行所	三采文化股份有限公司
地址	台北市內湖區瑞光路513巷33號8樓
傳訊	TEL：8797-1234　FAX：8797-1688
網址	www.suncolor.com.tw
郵政劃撥	帳號：14319060
	戶名：三采文化股份有限公司
初版發行	2017年1月29日
19 刷	2024年4月15日
定價	NT$320